KB139141

벗은 발이 풍경을 열다

리토피아포에지 · 92
시와글벗문학회 동인지 제8집
벗은 발이 풍경을 열다

인쇄 2019. 9. 23 발행 2019. 9. 28
지은이 고연주 외
펴낸이 정기옥
펴낸곳 리토피아
출판등록 2006. 6. 15. 제2006-12호
주소 22162 인천 미추홀구 경인로 77
전화 032-883-5356 전송 032-891-5356
홈페이지 www.litopia21.com 전자우편 litopia@hanmail.net
ISBN-978-89-6412-119-1 03810

값 10,000원

시와 글벗문학회 동인지 제8집

벗은 발이 풍경을 열다

LITERATURE & UTOPIA

詩, 시인의 철학과 진솔함의 산물

선중관 시인 · 시와글벗 동인회장

펄펄 끓던 더위도 한풀 꺾이고 소슬한 갈바람이 옷섶에 파고드는 살맛 나는 계절 가을이다. 산과 들과 강, 어느 곳을 보아도 아름다운 가을 서정이 넘실거리고 무르익은 풍요가 넉넉해 보인다.

더워도 사람이 죽을 만큼 덥지 않고, 추위도 사람이 못 살 만큼 춥지 않으면서 계절 따라 삶의 질과 분위기를 새롭게 느끼게 하는 자연. 예부터 사람들은 때를 따라 운치를 달리하는 이 자연의 변화를 보면서 감동하고 매료되어 글과 그림과 노래라는 예술적 장르로 표현하였다.

사람들은 이처럼 누구나 예술적 재능이 있다. 세상을 보며 생각하는 것을 시와 산문으로 노래하고 읊조리는 재주를 타고난 것이다. 그러나 그렇다고 하여 누구나 시인은 아니다. 누구나 감성적 표현은 가능하겠지만, 그것을 시적인 표현의 틀과 내면에 흐르는 철학적 사고를 넣은 작품으로 승화시키기는 어렵다.

시인은 바로 아무나 할 수 없는 문학적 표현을 하는 사람이다. 이때 시인은 동떨어진 세상에서 남이 쓰지 않는 말과 표현으로 생소한 언어를 창출해내는 사람이 아니다. 시인들의 가장 많은 착각 중 하나가 자신은 남이 쓰지 않은 어떤 특별한 언어를 구사해 보려고 하는 무모함이다.

시인은 우리 함께 모여 사는 세상에서 모두가 보고 느끼는 사물과 언어와 행동 중, 좀 더 예리한 눈으로 사물을 보고 분석하여 시작詩作을 하되, 거기에 시인의 철학과 진솔함의 생기를 넣어야 한다.

시와글벗문학회 동인집이 제8집에 이르렀다. 경향 각지에 흩어져 살고 있는 동인들의 작품을 모아 책을 만들기 위해서는 돈으로 환산할 수 없는 노력과 인내와 시간이 필요하다. 그러나 시인들의 작품에서 순수의 서정성과 시인 각자의 철학과 노력과 고뇌가 느껴진다면, 수고로움의 대가는 그것으로 충분하다.

무더웠던 여름, 귀한 옥고를 보내온 동인들께 감사의 말씀 드리고, 많은 독자에게 인정받는 좋은 시집이 되기를 함께 기원한다. 아울러 이 자리를 빌려 동인집을 잘 엮어주신 출판사 관계자분들께도 감사의 말씀 드린다.

2019년 가을을 맞으며
시와글벗 회장 선중관 시인

차례

PART 1 • 고연주

《대한문학세계》 신인문학상(시) 수상. 우리말 매일사행시짓기 으뜸상수상.
2018년 지하철스크린도어 시 공모전 선정. 시와글벗 동인, 대한문인협회인
천지회 회원, 가온문학회 홍보부장, 시상문학 회원. 시집 『사랑하니까』, 『아
파도 괜찮아』 외 공동저서 다수. 세광식물원 대표. 북카페 사랑하니까 운영.

e-mail : 8168522@hanmail.net

하얀 소금의 집

갈대숲의 울음은 갯골 비릿함을 나르고
시흥 갯골생태공원 소금창고는
높은 하늘 바라보며 구름의 흐름을 센다

돌아갈 수 없는 지점의 경계선
땀방울이 녹아 하얗게 잉태되고
유년 시절 빛바랜 삽화를 보는 듯
반짝거리는 사금파리
흙 풀 담아 밥상 차려놓던
흘러간 옛 향수를 불러와 추억이 되고
삶에 찌든 영혼에 옹달샘으로 보인다

메마른 소금창고 나뭇결에
시인은 혼재한 곳에 물을 주며 사색을 넓혀가고
조밀하고 선명한 상처의 슬픔
임계점을 넘어 의연함은
촘촘한 공존의 그늘로 남는다

눈먼 사랑

햇살 고운 날
찔레 울타리 그늘 지나서
혀를 날름날름

비릿한 냄새 풍겨오며
돌담 이엉 위에 앉아
유혹 눈길 보낸다

독이 있다는 것을 까맣게 잊고
배암 몸속에 꼼짝없이 먹혔다
볼록 불거져 온몸을 똬리 틀며
맘껏 즐기고

푸른 숲 바람 소리에
혀를 감추고
낮은 몸 꼬리 쓰윽 흔들며
유유히 어디론가.

고향집

저녁놀 숨어든 마을에
개 짖는 소리 들리고
어머니 앞치마 갈바람에
구절초 향이 먼저 반긴다

집 앞 샘은 마르지 않고
초승달 동동 떠 있다

그림자는
고무줄놀이 하다가
어느새 숨어버리고
살금살금 걷는 걸음은
가슴속 깊이 있던
어린 시절 추억의 마당에
동네 친구들 서로 얼굴 내민다

햇살 늘어진 툇마루에
짙게 물든 단풍잎 하나
쓸쓸히 앉아있다

참깨 터는 여승

양지 바른 산자락에 쪼그리고 앉아
참깨 터는 여승에게 시선이 멈춘다

갓 성년이 된 풋풋한 처자는
낯선 풍경에 가야 할 길을 잃었다

툭탁툭탁
깨를 내리칠 때마다
독경을 읊듯 삶을 토닥인다

가슴에 담긴 사연
물처럼 차고도 넘쳐
산은 저 홀로 돌아앉아 서럽다

깨 터는 소리 높아질수록
새소리 바람소리 깊어지는데
깨알로 쏟아지는 억겁의 인연은
산비탈 좁은 길로 흩어진다

일을 마친 여승

마음마저 훌훌 털고 돌아서는 뒷모습은
허공을 걷듯 사뿐사뿐 가볍다.

아버지의 숨소리

이랴 어여
여름을 재촉하는 소리
벼들이 넘실대는 논두렁에
아버지 발목 적시는 이슬이
싱그럽게 웃는다

깊어지는 여름
아버지 뒷짐에 삽자루
언제나 친구 되어
물꼬 막아준다

흐뭇하게 바라보는 눈빛
힘겹게 일구어 놓은 논밭
어떡하라고 서둘러 가셨을까

짙은 안개, 흐릿하게 보이는 첫새벽
홀연히 떠난 자리에
하얀 적삼 입은 두루미
내 아버지 모습으로
김매기 하고 있다

이별 연습

파릇한 밤
목마른 이별은 별을 헤아린다

오랜 흑백사진 펼쳐놓으니
신작로에 홀로 서 있다

소곤소곤 붉게 타며 피웠던 꽃도
헛헛해 삭정이 꽃이 되고
젖은 그림자 떠난 자리에
흩뿌려진 눈물이 멈출 줄 모른다

보랏빛 쑥부쟁이 꽃잎 그늘에 앉은
흰나비 긴 비행을 꿈꾼다

먼 산 나뭇가지에 걸친
이별의 한숨 소리
능선에서 서럽다.

소리 없는 기도

한 발 물러서서
온전히 바라보길 원했다
덜 채움이 넉넉한 마음을 준다고
세상 욕심 때문에 얻은 상흔
세상에서 위로받고자 줄을 선다

향기 뿜어내던 꽃들도 이내 시들어지고
푸른 이파리들로 그늘 만들어 쉬어가라 하던
나무들도 어느덧 바스락바스락
쓸쓸한 소리 내고 있다

너른 들판 비워야 더 많은 것을 품는다 하여
숨죽여 지나간 봄이 돌아오길 기다린다

커다란 기도소리 잠잠해진 후에
홀로 남아 소리 없는 울음을 꺼억거리며
아직 간구할 수 있는 입술로 부르짖는다
사랑한다고, 사랑한다고.

꽃의 몰락

하루해가 간다

너는 가시 없는 꽃으로
환한 웃음 주었지만
꽃 핀 자리 계절 따라
추억 만들어 놓고 잊으라 한다

네 향기 아득한 별자리
거리에 두어 잊은 줄 알았다
계절은 몇 번 바뀌어
때론 꽃 진 자리
짝사랑 서러운 눈빛도
한없이 곱디고운 흔적이었다

아직도 보름달은
정원 내 창을 들여다보고
네 여린 꽃잎은
눈 감으면 귀엣말을 한다

PART 2 · 곽구비

전남 영암 출생《스토리문학》신인문학상(시) 수상. 스토리문학 이사, 한국문인협회 회원, 시와글벗 동인. 시집 『푸른 들판은 아버지다』, 『사막을 연주하다』, 『가시 박힌 날』 외 공동저서 다수.

e-mail : kgb75579885@daum.net

징검다리 건너면 그대가 있을까

천천히 한 발짝마다 그대가 내 손 잡아
서툴지 않았던 날들을 기억하면서
오늘 가슴으로 들리는 그대 목소리 쫓아
이 길을 나섭니다

그간에 털어내고 남은 것도 그리움이었고
빨리 흘러서 번잡하게 돌던 날에도 그리움이
털려나지 못해 이 숲길 어딘가에
그대가 분명 숨어 살 거란 생각을 했습니다

숲을 헤치며 길 안내를 맡은 새소리와 함께
햇살까지 징검다리 비추며 따라나서는 건
단절된 시간을 찾아 다시 함께하라는
안타까움처럼 눈물 납니다

산 아래 밭에선 청보리 베어지고 있을까요
감꽃 풍성하게 열린 모양마다 베이지색
옅게 심겨진 그리움 푸르게 물들어
계절의 흐름 타고 오르는 것 같습니다

포구에 갔었제

닻을 내리고 묶인 배의 몸부림을
보고 싶은 건 아니었어

그렇다고
저 선술집 안에 막걸리 들이키며 얼굴 검은
어부가 궁금한 것도 아녔제

내가 들여다봐야 할 것들은 많았응께

그때 말이여 자비 없이 손님 입맛대로
횟감으로 올려지는 줄 모르고
볼모로 잡힌 물고기 중 유독 뽐내는 놈에게
눈길이 가드라구

저 미끈한 방어가 오늘의 방어 능력이 최고가
될지 흥미진진했거든

어쩌다 오밤중까지 거들먹거리던
몸집 작은 오징어 시키 결국 단골손님에게
덤으로 앵기는 것까지 다 봐부렀어

오메 다들 징하게 힘들게 살고 있드라구
나도 인자 엄살 같은 거 안 할 생각이여

먼저 잡혀나간 자리에 거품을 삼키며
새로 들어온 도다리
뻘쭘하게 헤엄치는 것 좀 보소

사는 일은 너나 할 것 없어
눈치로도 버텨야 했것제

아따 참말로 항구도 춥드만 살아 돌아와도
별수 없이 죽어 나가드랑께

바다가 좋았을 것이라고 산 자들은
밤새 벌벌 거품을 물었을 것이여

가버린 날의 재현

강가에 기다림을 연출한 여인
늘어난 주름으로 그리움의
표정 연기가 깊어졌다

강물처럼 흐르는 시간의 의미를
알려주었던 그의 입술을 더듬어
다시 온 여름

흐르다 사라져버린 이야기들을
저 강물의 가슴에 물어보아야 할까
강 건너 멀어진 산등성이 타고 건너던
구름을 쫓아가 물어볼까

더듬이 작동해 그날을 재현하던
포즈들

햇빛에 간혹 권태로움이 있었지만
뚜렷하게 사랑한
그 순간이 영원할 줄 알았다

여러 번 반복적으로 움직였을 때
어둠의 지느러미가
강물에 얼비친 노을의 꼬리를
부지런히 추격하는 시간이 오고

금계국 꺾어 든 손 시든 가슴으로
허무를 꼬옥 안고 돌아간다

말놀이 시

운현궁 근처 회전 초밥집에 들렀어

회전을 시작하면 초밥을 낚아채는 젓가락
목을 타고 회전한 초밥이 한참 지났을 때
김밥이 초밥인 양 올라와 회전하였지

시든 목련 꽃잎을 꽉 잡고 늘어진 운현궁 뒤뜰로
회전 나온 흥선 대원군과 마주칠 뻔했어

뜰 안으로 청나라 군사가 들이닥쳐
대원군을 잡아갈 기세로 회전이 빠르대

어린 고종이 노송 위로 올라
새총으로 봄을 쏴 날리고 정신이 없었지

미처 짚신도 꾸리지 못한 봄이 뜬금없이
청나라로 회전하여 달아나는 바람에
모란 잎이 화가 나서 고종을 향해 치켜들더니
역사 속으로 모든 것을 회전시켜 버렸지

몇몇 별자리들이 쇠락하는 기둥을 붙잡고
회전하는 밤이었을 운현궁

담벼락 밑에 교묘히 감춘
에어컨 실외기가 거슬리게 회전하는 오늘날

세상이 뒤죽박죽 정상으로 돌아간 일 없어
머릿속이 회전하다 조선까지 갔었나 봐

김밥도 초밥이라 우기면
별일 아니었던 날에 말이지

나비를 기다린 양귀비

초여름이 오면 사랑을 숭배하는
몸에 밴 관습으로 옷매무새 만져놓고
당신 오시는 발걸음에 귀 열어 둡니다

바람의 세기에 당신 발소리 듣지 못할까
이리저리 찌푸리며 흔들리는 몸부림
멀리서 보다가 가셨을까 의심도 합니다

그림자 늘어진 오후 측은하게 내려다본
해님을 피해 민망해진 옷깃을 접을까
이 사랑도 접을까 생각이 깊어집니다

다시 아침이 오면 오늘은 당신
꼭 올 것만 같아
한 겹 더 치장을 하며 더 멀리 보이도록
더욱 짙은 열정으로 서 있습니다

바람이 소식 전해 파닥거리는
급한 날갯짓 당신의 빠른 숨소리가
내 심장에 닿는 듯 당도하기도 전

아찔해 시들지도 모릅니다

당신을 사랑하다 타들어가는
내 마음 안타까워
서쪽으로 향하던 노을도 눈시울 붉어집니다

고개 들면 거기 변함없는 것들이 순수일까

한 바퀴 돌아 눈을 돌리면

며칠간의 단비를 촘촘히 흡수하여
살랑거리며 붉게 피어오른 양귀비 꽃밭
그 곁을 지나온 바람의 향기마저 아름다웠다

잃어가던 서정을 찾아 시를 쓰고 싶어
말소리 줄이고 새소리 옵션으로 들리는
남한강 뷰 한 잔을 가슴에 담아 보기도 하고

수려한 풍광 아니어도 언제나 풋풋하게
글맛을 살리겠다던 내 자만이 힘을 잃어
순수한 것들을 찾으려 두리번거린다

아침은 언제나 희망을 새롭게 주었고
노을은 아쉬움을 남기는 그리움이어야 하고
강물은 말없이 끝없이 흐르는 것처럼

변함없는 진리 기본 감정은 나이 먹지 않고
순수해야만 맑은 시가 흐를 것 같았다

부산 자갈치 시장

물살 가르며 파도와 치러낸 전쟁은
뼛골마다 들쑤신 바람까지 안고
제철 생선들 팔딱거린 마지막 숨이다

여명의 깃 파고든 횃불로 씻어낸 새벽
만선이던 어부의 눈빛은 더 총총히 살아
경매 대열을 눈치 빠르게 더듬어 나오고

중천에 떠오른 젖은 햇살 한 가닥 내려
궤짝에 얽힌 비릿함에 자비로운 미소 보내면
본격적인 소매상 손님들이 기웃거린다

파도를 쪼개 놓은 바다가 들어앉은 풍경
철썩철썩 끝날 줄 모르는 도마질로
거둬들인 돈다발이 차례로 쪽잠을 잔다

귀하들의 9월은 어떠신가요

8월의 태양에 찢긴 마음 기우고
모퉁이 살짝 돌아 나오던 구절초가
그새 살랑거린 교태는 보셨나요

당최 꺾일 줄 모르던 것들도
선들한 바람 앞에선 결국 어쩌지
못하고 수그러듭니다

천안 들꽃세상 꽃 농장엔
미안한 기색으로 돌아간 8월은
잊어도 좋을 만큼 9월의 꽃들이
피어난다고 합니다

나팔꽃 닮은 유홍초
금계국 닮은 불금초
백조 닮은 해오라비 난초를 보면서

귀하들의 얼굴에도 꽃 그림자 하나씩
피워 올리면 좋겠습니다

호젓한 산길로 나가 반딧불이

흩어질 때까지 등성이에 서서 귀하들과
가을 이야기 나누고 싶습니다

PART 3 · 김선순

충남 부여 출생.《현대시선》신인문학상(시) 수상. 시와글벗문학회 부회장,
월간 모던포엠 작가회원.

e-mail : kss01033409187@gmail.com

입덧

책을 보다가 여자는 입덧을 해요.
좋은 문장 하나 만나는 순간 손가락에 침을 발라요.
귓불을 비비다가 접어서 만지작거려요.
수도 없이 눈을 굴려 훑어대고 잘근잘근 씹어요.
단물이 쪽 빠져야만 뱉어내지요.
부끄러움 따윈 키우지 않는 뻔뻔함이
손톱처럼 매일매일 자라나 봐요.
잘 생긴 문장 하나 만나 뜨겁게 연애하고,
그놈보다 완벽한 놈 하나 떡 하니 낳고 싶어요.

오월 유죄

일몰이 배경이었어요.
나를 출렁이게 한 그 일몰의 배후에는
초롱화관을 쓰고 자잘하게 흔들리는
수레국화가 서 있어요.
그대 수레국화 옆에 서 있어요.
한순간 어쩌지 못하고 마음이 기운 것은
순전히 보랏빛 일렁임 때문인 걸요.
저무는 보랏빛 오월이 마구 흔들어대니
더욱 흔들릴 수밖에요

나이 불러오기

올해 몇이냐 물으면 이따금 경계가 흐릿해진다.
사는 게 바빠서란 핑계라도 있어 다행스럽긴 하다.

만국기 펄럭이던 가을 운동회로 간다.
목이 터지라 핏대 올리는 응원으로 해맑았다.
사방천지 어디로 튈지 종잡을 수 없던 열아홉,
칸나처럼 붉게 피었던 스물아홉,
엄마만 있고 나는 없던 서른아홉,
때때로 무너지고 일어서며 뒤척이던 마흔아홉,

올해 몇이냐 물으면 이따금 경계가 흐릿해지지만,
나이테를 관통하며 때때로 나이를 버리기도 합니다.

빈집의 가을

누대에 걸쳐 핏덩이 울음소리
끊어지지 않았습니다.

죽은 아비 영전에서 오열하던 장손은
집 밖에서 목숨줄 놓으면 객사하는 거라고
제 집에 와서야 겨우 죽음의 문을 열었습니다
한때는 잘 익은 홍시처럼 붉기도 했지요.

빈집으로 날아들기 시작한 풀씨가
지붕이며 마당에 가득 자라고,
흙벽들은 뭉텅뭉텅 떨어져 나갔습니다.

거품 물고 끓던 무쇠솥에도
붉은 녹꽃은 피고,
늙은 감나무만 여전히 푸르딩딩
어린 것들을 안고 업고
화려한 가을을 맞이하고 있습니다.

그 여자 · 1

그녀는 째깍째깍 시간 속으로 들어갑니다.
앙상한 갈비뼈 사이 깊은 골을 드러내어 비릿합니다.
둔부의 몽고점은 이상하도록 매혹적입니다.
그곳을 상상하는 순간 알 수 없는 욕구가 일렁거려
기어이 그녀를 붉게 피워 올립니다.
절정이 사그라지면 미처 식지 않은 목소리로 말합니다.
지워지면 다시 그려 주세요.
캄캄한 어미의 자궁을 빠져나온 이후
한 그루 싱싱한 나무처럼 뿌릴 내린 여자는
무성한 진홍빛으로 붉어갑니다.

그 여자 · 2

그녀는 늘 웃는 얼굴입니다.
화사하게 덧칠한 미소 뒤는 쉽사리 보이지 않습니다.
혹시 구석기 유물 같은 그늘이 숨겨져 있을지도 모릅니다.

도톰한 입술, 샐쭉한 입꼬리, 움푹 패인 볼우물은
그늘을 숨겨 놓기에 안성맞춤이지요.

당신의 그늘을 열어 보고 싶어요.
기습적인 남자는 퓨즈 끊긴 암전을 부르고,
이내 흐트러진 하늘을 비질하는 포플러 이파리가 됩니다.

찰랑찰랑 물기 올리는 여자는
깊은 그늘을 서서히 말리기 시작합니다.

그 여자 · 3

투신한 모 여인 중태
아득한 바닥으로의 비상은
꿈이기도 했을까요.

하룻밤 몸을 섞고 나면
봄눈 녹듯 풀어져
분홍 나팔꽃 웃음을 피워 올리던
배알도 없는 여자,

스스로 묶인 올가미에
평생 포로가 되어
낙인 찍으며 살던 여자,

덕지덕지 연민이 풍년입니다.
막연한 슬픔 속으로 침몰합니다.

이 여자 목숨을 거는 건
그 흔해빠진 사랑일까요.

그 여자 · 4

세상이 온통 장밋빛이면 좋겠다 생각했어요.
지친 날개를 기댈 어깨가 간절한지도 몰라요
사랑에 대해 지지리 복도 없는 여자의 선택은
언제나 헛다리 짚기지요.
착한 남자의 유효 기간은 길지 못해요
허겁지겁 하룻밤을 삼키면
가면을 벗어던진 야누스가 불을 켜지요
번쩍번쩍 터지는 후레쉬,
살갗에 번지는 푸르딩딩한 통증,
괜찮아, 덕지덕지 염려가 달라붙고,
애앵애앵 빨간 경고음이 달려와요.
미안해,
올가미에 걸려 파닥이는 여자에게
연애의 꿈은 부활할까요
이제 그만 깨어나요
레드 썬.

PART 4 • 박문희

경북 의성 출생.《대한문학세계》신인문학상(시) 수상. 다향정원문학 이사,
시와글벗 동인, 현대시선 정회원. 시집『아버지 가방에 들어가신다』외 공동
저서 다수.

e-mail : jjwoo0713@naver.com

마음 비우는 날에

어디쯤 그대 있으려나
가만히 불러봅니다

무얼 하고 있으려나 그대
가만히 그려봅니다

그대에게 갇힌 가슴은
무릎까지 푹푹 빠져듭니다

자운영꽃 핀, 이 계절
여수 밤바다엔 여전히 벚꽃잎 흩날립니다

그대 가시어도
휘영청
사랑하고, 사랑한 날만.

거리

얼마를 달렸을까
순간 그녀는 생각했다
어디로 가는 중이었을까

새빨간 립스틱 퍼진 얼굴에
짜디짠 웃음 하나 떨군다

미끼도 채 끼지 않은 낚싯바늘
덥석 물어버린 뒤
퍼덕거리는 몸짓이라니

여우가 놀라
자른 도마뱀 꼬리가 그득하다
첫 연에서 멈춰버린
그녀의 詩가 울먹인다

여기까지다, 여기까지
어쩌면
이것이 그녀가 그녀에게 주는
마지막 선물일지 모른다

깨금발로 그린 구름
비구름 넣지 않았더니
아주 공갈 염소똥이다

그녀의 어둠
촛불 하나 켜 밝힐 수 있다면.

화양연화 花樣年華*

산다는 일이
역류하는 행복에 노를 젓고
눈물도 늙어 메말라 푸석이던 시간

어찌 알았을까
당신과 나 서로의 이름 부를 줄을
당신이란 말
그저, 그저 그 말이 좋아서

진달래, 봉선화, 코스모스, 눈꽃,
당신 미소에 화르르 웃음소리로
피고 또 피어날 줄을

곤드레만드레
취하고 또 취해도 좋은
당신과 나의 숨 사이에
두근거림이 끼여 앉고

하나둘 하나둘
더함도 덜함도 없는 시간을

더하며 현을 켤 줄을

참 좋다, 좋다 되뇌며
지친 날개 접어 당신에게 기대어
새벽공기 같은 맑음
풍경으로 걸릴 줄을

가시만 잔뜩 매달았던
혼자 우는 작은 새
향기 잔뜩 묻힐 줄을

어화둥둥 행복으로 잠들고
나의 소녀가 흥얼거릴 줄을
떠듬떠듬 당신과 나의 첫말들
콩닥콩닥 입 맞춰
사랑비로 환하게 젖어들 줄을.

* 화양연화: 인생에서 가장 아름답고 행복한 시간.

그리움도 흐른다

첫눈에 반한 것은 아니었지
첫눈 내리는 설렘이었는지 몰라도

시간을 베고
꺼내어 써 보는 이름
그리움

멀리 질주하는 자동차 마찰음이
손전화 진동으로 흔들릴 때
끝없는 나락으로 질주한다

한 발 떼며 보고프던
날마다 꽃잠이던 시간
발 아래 온통 바스락거린다

봄빛에 단련된 파랑
진초록에 겨워
복근을 꺼내 널고

맑게 웃던 나팔꽃의 해 질 녘처럼

그리움도 더러 빈손 오므리고

유채꽃 한 판 걸판지게
끼여 앉은 듯한
노란 산등성이 빨강 켜지고

가끔 눈이 내리면
어쩌면
그리움도 그러해지리라

놓쳐버린 사랑해 한마디 말
낯선 도시의 밤길
지척을 맴돌게 해도

낮달의 창백한 시간 지나
그리움도 저물어지리라.

詩時콜Call

그대 사랑하는 일은
잊기 위함이었어요
즐거움이었어요
혼자인 시간
혼자가 아니기 위함이었어요

타인의 이별 앞에서
나의 사랑 앞에서도 그대 부여잡고
단숨에 오르가슴에 이르기를
수없이 반복하였죠

실오라기 하나 걸치지 않아도
답답한 그대 향해 흐르는 끝없는 춘심
한참씩 외면하면서도
그대를 놓지 못하는

어느 날은 소녀로
어느 날은 촉촉이 젖은 눈시울로
그대 품속을 파고드는
그대를 만나는 시간은

그리 길지 않아, 길지 않아

외로운 여인은 넘쳐나도
여인 하나 찾지 못해 외로운 남자
오늘도 애꿎은 술잔 비우고
자박자박 허허로운 걸음에 잠기죠

물 반, 고기 반 손맛 좋은 계절이에요
이팝나무꽃에 찔레순 꺾어
차려 놓은 상에
군침만 차지하고 앉아도
윤슬에 숟가락 하나 더 얹는 일

마음이 열쇠를 잃어버린 날
시시콜콜 대표전화를 눌러보아요
버튼마다 성감대 벗어 던지는 소리
찌르르 흘러나와요
詩詩콜콜.

밝히는 그녀

앞뜰의 소곤거림
뒤란의 침묵
찌르르 귀뚜라미가
풀숲에서 깨우면
대청마루의 보리밥, 풋고추가
아사삭 저녁을 밝혔지

반딧불의 반짝임 같은 그것
아스라이 유혹하는 그것에 이끌려
입구에서 라이트를 켜시오
첫 명령어도 들리지 않았지

캑캑 자욱한 먼지
소란한 감정들의 터널 속에
흥건히 젖어버린 마음
허둥대다
허리의 경계를 지워버린 몸매

신사임당을 꿈꾸던 그녀의
사랑이었던 남자

신사임당만 밝힌다고
장미꽃 안겨주던 가슴에
파문만 일구어도

빈 화병花甁에
화병火病만 가득 꽂히고
어깨가 얼기설기 늘어져 내리고
시들어 버린 쇼윈도우
쓸쓸을 입어도

사랑, 행복, 꾹꾹 넣어 안치며
그녀는 저녁을 밝힌다
강 건너 뻐꾸기가 운다
뻐꾸기도 밤에 우는가.*

* 정윤희 주연의 영화 제목에서 인용.

바다

너에게 수많은 이들이 다녀갔지
붉은 심장 하얀 손으로 많이도 보듬었지

사르고 싶은 날도
문득 문득 내가 보고 싶을 땐
자꾸 잠을 청했지
소주잔을 기울이다
전봇대에 기대다가
잔잔한 너의 앞에
나 늙은 얼굴로 서 있네

소음 같은 감정들
먹먹하게 버리고 버려도
그저 밀려 왔다 밀려가는 너
비우려 해도
쉬이 비워지지 않는 것을
알아버린 지금
또다시 너의 앞에 서 있는 것은

주섬주섬 꺼내놓는

순간이 그저 끝일 것 같았던 날
내 멋쩍은 헛웃음까지도
은근슬쩍 쓰다듬어줄 이
너밖에 없기에

위로의 말 대신 띄워주는 갈매기
추억은 생략, 생략
짧은 인사로 끝내고
둥둥 가슴 치는 파도
떨리는 내 어깨는 바람 탓이리

아찔한 저 수평선에 마침표 대신
선 체로 즐거운 이별을 고해본다
여백에 이별 하나 더하고
또 다른 이별을 만나러 가는 길이다.

봄비와 여름비 사이

비의 수다가 시작되었네
심란한 구름의 꿈틀거림보다는 훨씬 낫네

생각을 따라 추적추적 가는 녀석
뒷모습이 젖었네

속삭임 따라 토독토독 가는 녀석 머릿결이
찰랑거리네

비가 내린다고 하지 않고
수다라고 쓰고 있는 나는
발효가 잘된 갓 구운 빵 냄새를 풍기네

비의 수다를 쓰고
듣고 닦아
방앗간에 모여든 참새가 되어보는

오늘.

PART 5 • 신계옥

봄비
갈대숲에 바람이 일면
인연
감나무, 그 아래 불던 바람
벗은 발이 풍경을 열다
꽃게
어미
오래 기다리는 일이란

《대한문학세계》 신인문학상(시) 수상. 시와글벗 동인, 창작문학예술인협회
정회원. 2018년 서울 지하철 스크린 도어 시민공모작 선정. 2019년 생활에
시를 담다. 시화전 참여. 시와글벗 동인지 제8집 『벗은 발이 풍경을 열다』 공
저 및 본 동인집 시제 선정.

e-mail : sko4433@naver.com

봄비

지난밤
선잠 깨어 투정하는 개나리들
다독이는 빗소리
밤새워 토닥토닥 들리더니
아침 햇살이 창문을 넘는다

애야
개나리 꽃 피웠구나

어머니
환한 얼굴에 햇살이 스친다
열어둔 창밖엔
앞동산 한가득 분홍빛 진달래 꽃물

애야
나는 꼭 이런 날 가고 싶다

갈대숲에 바람이 일면

갈대숲에 바람이 일면
호수의 물결도 술렁거립니다

물고기 한두 마리
숨어들 자리
내어주는 일이

말리지 못한 갈대의 밑동을
고스란히
물속에 담가두는 일인 것을

바람 부는 날은
호수도 흔들리는 갈대를 안아줍니다

인연

청보리밭을 스쳐 가는
연한 바람에
온통 초록물이 들어

바람이 써 내려가는 일기마다
살랑이는 잎새를 틔우는 날에

흰 구름을 안고 가던 바람에도
솜사탕 같은 구름이 소담스레 묻어난다면
구름 닮은 꽃송이들이
몽실몽실 피어나
뽀얀 꽃향으로 초록 바람을 쓰다듬을 테지

누군가 나의 빛깔로
물들어가고
내 마음도 그의 색을 따라 물드는 것은
소복소복 꽃송이 피우는 것은

그것은 꽃봄
그것은 사랑

감나무, 그 아래 불던 바람

어디 있었을까

시련의 소용돌이는
도정 되지 않은 거친 바람으로 삶을 흔들고
혹한의 기억으로
바람에 마주 서지 않는 법을 익혔다

먼 길 돌고 돌아
채에 거른 바람의 끝에서
등을 밀어주는 격려를 겨우 찾을 수 있었다네

고단한 등을 토닥이던
아버지의 한마디 말씀처럼
뜨거웠던 여름
감나무 밑에 불던 바람은
식구들 도란도란 웃음소리로 땀에 젖은 하루를 안아주었지

담장 위에 소담하게 열린 애호박
뚝 따서 끓여 낸 어머니의 칼국수
그 구수한 이야기 따라

감나무 밑에 머물던 산들바람은

오래 잊히지 않는
온유한 날들의 다정한 일기였다

벗은 발이 풍경을 열다

오월의 풀밭에서는
벗은 발이 풍경을 열어 뽀얀 길에 들어서기도 합니다

바람에 몸을 맡기고
여물어 가는 햇살을 덥석 안아다
남쪽으로 향한 흙담 옆에 뉘어놓고 싶어서 안달이 나기도 합니다

새웅게들 뜀박질하는 냇가 풀숲에
가만히 발 담그고 울고 싶은 날이 있습니다
참아야 한다고 토닥이지도 말고
그저 홍건해져 스며들고 싶은 날

젖어버린 발가락 끝에선
두고 온 울음 찾지도 말고
상여 끝에 매달린 절망 뒤적이지도 말고

펄쩍펄쩍 솟구치는
새웅게 한 줌 대소쿠리에 건져
투가리 미어지도록 보글보글 끓어오르면

맛있는 웃음소리에
따라나선 설움 훨훨 투명해져서

연두의 소매에
장미꽃 끝동을 곱게 달아 입고
손잡고 걸어도 좋겠습니다

꽃게

어판장에 나온 꽃게 다리에
칭칭 감겨있는 그물

아직도 풀지 못한 형벌은
어느 평화로운 집
조촐한 싱크대에서나 풀어질까

벗어나려는 몸부림으로
그물은 더욱 엉켜들고
급기야 풀어내기를 포기한 채
아픈 관절을 뚝 뚝 떨구어 내고 있다

연안부두
새벽시장을 거쳐
이곳에 오기까지의 절박함이
내 지난 여정 어디쯤엔가 있었던 일인 듯도 싶은데
고민도 잠시
솔로 싹싹 지난 흔적을 지워
식힌 간장에 너의 남은 생을 밀어 넣고
나는 잠시 아파하다가

다섯 식구 식탁 위에 피어날 웃음
자식 입 벙글어지는 소리에 까맣게 잊고 살겠지

어미

바람이 휩쓸고 간
고추밭에
꽃 떨어진 어미의 상처를
젖꼭지처럼 움켜쥐고
어린 풋고추들 올망졸망 매달렸다

허리 굽은 할머니
앉은걸음으로 다가앉아
지지대를
단단히 묶어주고
무른 흙을 눌러주며

살아보자
그래, 그게 어미란다

오래 기다리는 일이란

뽑아 올린 줄기에서
주렁주렁 달려 나오던 고구마를
하나하나 떼어내다가
문득
떨어져 나간다는 것이
삶이 버겁던 한때는 홀가분한 일이었을까
생각해 본 적 있었습니다

홀가분하다는 것이

오래 쓸쓸한 일이라는 걸

까치밥 홍시 하나
우듬지에 달랑 걸리고
휘파람 소리 서럽도록 빈 가지를 흔드는 밤
바람은 긴 여운으로 이야기합니다

빈 둥지 홀로 지키던
아버지의 겨울을

PART 6 • 우중화

2019년 《리토피아》로 등단. 계간 《아라문학》 편집위원. 시와글벗문학회 사무국장, 막비시 동인. 시집 『주문을 푸는 여자』 외.

e-mail : fafsd@naver.com

어쩌다가 위성

내가 돌고 있다.

네 주위를 매일 자전하고 있다. 나는 1억 4960만Km 떨어진 네 주위를 시간당 약 107,320㎞의 속도로 달리고 있다.

당신은 과학이고 나의 현실이다.

너는 합리적인 사고로 무장하고 가공할 속도로 달려가고 있다. 나는 사실 초가을 볕이 거실을 슬금슬금 침범하듯 슬로우 슬로우이고 싶은데,

네 이성은 벌써 태어나버렸고 나의 감성은 이제 시작.

울 수 있을까 네 완벽한 틀에 매달려,
심심한 애도의 시간을 가질 수 있을까.

쏟아지는 별에 맞아 죽는 한이 있더라도
매일 네게로 떠나는 나는 지금도 돌고 있다.

봄아, 연애하자

기억의 몸살 꺼내놓기 얼마나 어려운 말이었는지 당신은 알지 못한다.

생각과 언어와 말은 이렇게나 쉽지 않다. 말하는 것과 써내려가는 것의 모진 행위 연초록 잎이 두터운 나무 살을 쑥 뚫고 나오듯 잠긴 마음 대지 위 어느 날 쏙 내민 마음 싹 하나.

봄날이라는 시간에 내놓으리라 한 그대 기다린 말 싹, 어떠한 색을 넣어야 하나 한겨울 고민하고, 씨앗을 심고 난 후 몰래 숨겨 온 그것, 어쩌면 나오는 순간 점멸할지 모르는,

방향을 잃고 봄바람에 홑씨 날리듯 발화되지 않을지도 모른다. 대지 안에 그만 썩어진 말들이 얼마나 많은지 그대는 결코 알지 못한다.

봄아 오라. 재생된 흔하디흔한 말이 아니라 생산된 그대 축에 걸린 말 싹, 몸속 어딘가에 단단히 매달려 있는 기억 그가 들었던 먼 북소리 그 기막힘이라니,

반과 반 사이의 여자

오랜 시간 작은 몸으로 많은 것을 담아내던 종지가 떨어지면서 반으로 갈라진다.

자잘한 부스러기 하나 없이 반과 반으로 쩍 갈라진 모습은 더 단단하게 반짝인다.

젖가슴 한쪽을 비운 여자가 부지런히 땀을 흘리며 러닝머신을 걷고 뛰고 달린다.

수술대에서는 세상이 반으로 갈라지는 고통이었지만 비워진 반이 자유롭다고 한다.

훤히 비워진 곳을 따라 거침없이 물줄기가 흐르고 연어의 지느러미가 팔딱거린다.

담아내고 품어내며 자잘한 부스러기들을 다 떨어낸 젖가슴은 더 넓은 대지가 된다.

다시 말들이 달리고 새가 날고 꽃들이 피고 또 하나의 우주를 담고 만들어낸다.

반과 반 사이는 ~과 ~와만 있는 부족함이 아닌 채워지고 새로운 몸으로 빚어진다.

김칫국 · 1

몸이 아픈 날은 김칫국 푹푹 끓여 찬밥 한 덩이 말아 후루룩 우울을 삼킨다.

늘어진 멸치가 열이 나는 이마를 만지면 들녘 덮은 흰 수건의 땀내가 난다.

부뚜막에서 김칫국 급히 떠 넣던 어머니의 등뒤로 너덧 그림자 엎어 있었다.

그녀가 손톱 세워 긁어댄 대지는 굵기지 않으려는 차갑게 식은 김칫국이었다.

자신의 몸을 데울 시간이 없던 그녀에게서는 햇볕에 그을린 짠내가 난다.

불뚝불뚝 일어서는 콩나물이 땀방울을 먹어대며 식은 찬밥이 자꾸 넘어온다.

그녀의 그녀도 하루를 그렇게 먹고 있는지 밥알들이 목구멍에 곤두선다.

서로의 생을 배불리려 애쓰며 하루치의 밥거리가 시간의 터널을 유유히 지난다.

어떤 유언은 오래도록 자란다

　어떤 유언은 봄에 피는 꽃처럼 피어나기도 사라지기도
하며 남은 생을 간섭한다.

　봄 햇살이 펼쳐놓은 책의 행간을 죽죽 그으며 유년의 기
억들이 풀쩍 튀어나온다.

　오래 전 아버지는 아이가 쓴 원고지들을 폐지廢紙 아저
씨에게 몽땅 팔아버렸다.

　책이 밥 먹여 주느냐는 말이 배가 고픈 것보다 더 유년
의 아이를 울게 했다.

　여자가 무슨 대학이냐고 오빠들만 공부시킨다고 아들에
게 물려줄 땅을 사셨다.

　소똥보다 더 싼 값에 팔려버린 밤낮없이 썼던 원고지들
이 아직도 떠돈다.

　떠돌다가 대지 위에 씨를 내리고 싹이 나고 자라면서 이
제 아이는 울지 않는다.

　봄바람에 묻어온 흙냄새가 손가락에 베어 사뭇 진지한
유언을 한다.

　아이는 배가 부르도록 자연이 주는 모국어로 시詩를 뿌
리고 시를 키운다.

　마지막 장을 덮을 수가 없는 늦은 새벽 한 그림자만이
오래도록 그렁그렁하다.

초록도마뱀의 여행

마다카스카르의 초록나무 아래 초록 그늘을 꿈꾸는,
네가 다다라야 할 곳도 숨어 살 곳도 그곳, 당신의 세계야.

체온과 체온이 만난다면 적어도 70도로 들끓어야 하지.
밤낮의 온도는 공허하게 뒤섞여 어느 땐 영하로 떨어지지.

손상된 망막 위로 침울한 빛줄기가 모르는 척 스치고,
뒤엉킨 감성의 온도는 외면당하고 버려져, 울고 싶게 해

건조한 불빛 아래 퇴적층을 이룬 살갗을 위태롭게 떼어내며
터진 껍질 틈으로 초록 즙이 초록, 초록하게 고이고,

스스로 탈피 시간을 놓친 넌 누군가의 손길을 기다리지.
온몸이 하얘지도록 기다리지만 다 같을 수는 없잖아.

일방적 요구인 체온은 누구에게 닿아도 더워지지 않아.
뛰지 않는 심장을 향해 꼬리부터 토막토막 잘라내지.

꽃은 다시 필라나요

그의 어깨 위로 그늘이 쏟아지고 축 처진 바짓단이 계단을 쓸며 지하로 내려가요.

맑은 얼굴들이 그의 등을 부지런히 밀고 어깨를 밀며 만원 전동차 안으로 밀어 넣어요.

발바닥 까진 구두가 새 구두들에게 채이고 서류가방은 열려 찢긴 서류들이 되어요.

술 취한 구두 뒤축이 비틀거리고 넥타이 줄이 한없이 조여오고 출근복은 매번 울어요.

벌게진 얼굴 앞으로 젊은이의 단단한 이마가 박혀 들어오고 생소한 말들이 엉덩이를 밀어내요.

반복되는 고지서는 끝이 없고 청구서들은 기간을 연장하여 덕지덕지 눌러 붙어요.

내일은 내일의 해가 뜬다지만 넥타이를 풀고 구부리고 앉은 등짝에는 해가 뜨지 않아요.

반평생을 열심히 일하고 난 등껍질들이 터지면서 서쪽으로부터 두 번째 꽃은 다시 필라나요.

멈추지 말아요

신기하게 도로의 신호등이 사거리마다 길을 세운다.
속도를 지켜야 한다, 신호를 지켜야 한다고 자꾸 세운다.

핸드폰에 불이 반짝이며 알만한 아이디가 머뭇거린다.
댓글이 흔들리면서 곁눈질하면서 선을 넘으라 유혹한다.

침범하지 마, 선을 넘지 마, 여차하면 너를 구속할 거야.
속이려고, 훔치려고, 노란불이 번쩍거리며 달려든다.

떠다니는 시선들이 겹치고 말들이 놀다가 배가 고프다.
더 놀다 가요, 위험하지 않아요, 선을 밟고 넘어주세요.

PART 7 • 이선정

아호 해무. 강원도 동해 출생. 2016년《문학광장》 신인문학상 시부문 등단.
2017년 지하철스크린도어 시공모전 당선, 2018년 제6회 황금찬문학제 시
화부문 대상, 2018년 일본 오사카갤러리 한국대표 초대작가, 2019년 대한
민국 독도문예대전 우수상. 시와글벗 동인, 한국문인협회 회원, 황금찬시맥
회 문학광장 정회원, 시와글벗문학회 동인집 외 공동저서 다수.

e-mail : korealife521@naver.com

오침에 관한 묵도

볕 좋은 날
하릴없이 빈둥대는 오후를 베고 누워
잠시 눈을 붙여본 자는 알게 되리라

그 달콤한 죽음과의 키스

그만 딱 눈 감고 싶은 날
잠에서 스르르 깨어난 눈으로
희미한 창밖 초록 잎사귀와 어린 햇살 한 줌
허락 없이 슬쩍 비집고 들 때

하, 살아있는 것들의 찬란함이란!

잠과 죽음의 경계에서
부스럭거림 없이 눈 떠본 자는
심장으로 듣게 되리라
능청스런 햇살의 속삭임을

'여보세요
너, 거기 아직 살아있니?'

조루

전희는 아찔했다

훑어 내리는 묘사가
탁월했기에 충분히 젖었다

숨을 몰아쉴 만큼
미세한 문장 하나씩 빳빳이 곤두섰다
이제, 절정만 남았다
격정의 진술 딱 한 줄

비명에 가까운 신음이 극에 달할 쯤
저어 멀리서 희미하게 걸어오던
오르가슴을 앞질러 성질 급한 마침표가
훌쩍 먼저 당도해 쿵 하고 찍힌다

하,
언제나 문턱에서 끝난다
혼자 헐떡거리다 서둘러 찍어 버리는
마. 침. 표.
이 놀라운 반복의 개연성

발표는 빛의 속도다

어백까지 황홀한 영혼의 문장은
저 멀리 명왕성으로 훨훨 날려버린 채

편이라는 것

사람을 잃은 저녁은 춥네

앞에서 안아주던 팔
바람이 쓸어내리고
오직 내게로 열렸던 귀
동굴 속 메아리처럼 어지러운
후음으로 흐려진 저녁

뾰족한 나침반은 절벽을 가리키고
길을 헤쳐도 온통
나락으로 떨어지는 벼랑 끝 지도

구멍 뚫린 저녁이
아래로 몸 던지려 신발 벗을 때
뒤에서 가만히 발등을 감싸는 손

창피한 삶의 허기를 데려다
국밥집 테이블에 앉혀놓는 침묵의 눈

사람을 잃은 저녁

사람의 온기를 말아 먹으며
한 사람을 보네

편이라는 것

마지막 순간,
조용히 너의 안쪽을 내 안쪽에 들인다는 것

꽃말론

부겐베리아 - 정열
스노우드롭 - 인내
산당화 - 겸손
바이올렛 - 영원한 우정
라일락 - 우애

이 꽃들의 평생, 지겹지 않니?
살아생전 늘 똑같이
아름답기만 해야 할 네 운명

로벨리아 - 불신
라난큐라스 - 비난
리아트리스 - 고집쟁이
금어초 - 오만
주목나무 - 비애

이 꽃들의 후생, 서럽지 않니?
다시 태어나도 변함없이
비난 받아야 할 네 운명

저 꽃들의 운명 점지해 준 사람
최후의 꽃잎 한 장 들추고
보드라운 수술, 그 속까지 파고들어
한 잠이라도 자 본 건가

오만과 불신의 벼랑 끝에서
영원한 우정과 우애의 칼침을 등에 맞고
나락으로 뚝 떨어져 보지 않은 자여

마치, 내 꽃말을 손에 쥔 당신처럼

백조 다방 쌍화차

눅진한 쌍화차에 동동 띄워진
노른자는 어디 갔을까

노른자처럼 탱탱했던 남자들은
대체 어디 갔을까

내 아버지 밥 먹듯 드나들던 빨간 간판
그 옛날 쌍화차가 그리워 들어선
시골 깡촌 '백조 다방'
설탕가루 잔뜩 섞인 멀건 쌍화차 앞에서
사라진 노른자를 찾는다

그 시절 수컷들은 애초부터 눈물 없음
고개 한 번 숙이지 않던 꼿꼿한 자존심
목청 큰 버럭이 온 동네를 휩쓸고,
뿌린 씨 튼실하여 팔 남매가 수두룩

불끈한 남자들
지붕 꼭대기에 걸어 두었던
하늘같은 깃발 어디 갔을까

태양과 나란했던
번쩍이는 기백 대체 어디 갔을까

흉내 낸 쌍화 분말 밍밍한 그 맛처럼
고개 숙인 쌍화차에 노른자가 없다
나이 든 마담의 빨간 입술만 둥둥 떠다닐 뿐

실금 간 다방 벽
담쟁이의 퍼석한 이마 위로
깡마른 초승달이 천천히 눕는다

뒷담화의 뒷장

혀를 깨물었다

누굴 씹다가 그것도 물렸는지
이젠 저를 씹는다

단단한 이빨의 훈육은
얼마나 큰 스승인가

깔깔대는 뒷담화 끝의
공허한 갈대숲,
어두운 길을 걷다가
달이 뜨고야 기도를 했다

내놓는 혀에는 꽃을 얹고
칼날 같은 혀는 동굴에 걸어두길

깨물린 혀에 피가 고인다
혀도 눈물을 흘린다

찔레

지난날 나를 꺾으려다
수없이 찔렸을 세상의 손들에게 쓴다

무수한 상처로 피멍 들었을
그들의 과거에게 쓴다
'부디 용서해다오'

그러나, 그대 용서하지 않아도
그 가시 이제는 나를 찔러
연약한 바람에도 종일 나는 아프다

오늘도 바람이 분다
너를 향했던 가시를 조용히 내 안에 접고
파르르 떨리는 입술을 꼬옥 깨문다

하얗게 져야 한다
하얗게 져야 한다

쓸쓸

해지기 직전의 것들은 쓸쓸하다

오늘이라는 생애를
전속력으로 태우던 일몰의 잔해가
시뻘겋게 도로 위를 굴러다닐 때의
시간은 쓸쓸하다

작은 알곡 튼실히 익히려
땅의 젖줄 양껏 빨아대던 논두렁이
반쪽씩 대머리가 벗겨져
일몰 아래 널브러져 있는 저녁이
평화로워서 쓸쓸하다

어느 구멍으로 찾아드는지도 모를
달리는 것들의 꽁무니가
무작정 속도를 내어 쓸쓸하다

세상 모든 쓸쓸한 것들의 뼈마디를 돌아
겨울로 가는 바람의 한숨이
서걱서걱 어두워져 쓸쓸하다

쓸쓸의 꼭짓점 위에 외발로 서 있는
너, 나, 우리

아! 젠장맞을 그 쓸쓸

PART 8 • 이연주

무無
싱아는 어디로 갔을까
오해의 늪
그대의 꽃
넥타이
사막의 장미
우도에 가면
틀

충북 충주 출생.《서울문학》신인문학상 수상 시 등단. 시와글벗문학회 동인, 서울문인회 정회원, 21문인협회 사무국장, 월간문학바탕 동인. 시와글벗문학회 동인지 제7집 8집 공저, 천태산 부처 2018년, 2019년 시와에세이 공저.

e-mail : ariea1207@gmail.com

무無

물 방석 위에 좌선을 틀고
절간 구석에 앉아
목탁 소리에
귀를 세우는 무無

유혹의 그물을 찢은 아픔
허공을 떠도는 기도
한 입 삼키고
번뇌를 너풀너풀 피워내며
욕망을 비워간다

고요히 바라보던 연화
한 송이 두 송이
기둥 뚫고 피어나
칠흑 어둠을 환하게 밝힌다

싱아는 어디 갔을까

개천안* 산야에 흐드러진
싱아는 어디로 갔을까

강가에 늘어진 버들개지
물속에 반짝이던 조약돌도
이제는 보이지 않네

약주 한 잔에 홍에 겨운
아버지의 휘파람 소리도
이제는 들리지 않고

왁자지껄 자치기 하는 소리
고무줄놀이에 펄럭이던 그림자도
모두 사라졌네

늙은 소나무,
옥녀봉은
알고 있을까

앞산 슬피 울던 멧비둘기 한 마리

솟대 되어
구구 구 구, 구구 구 구
고개를 꾸뻑꾸뻑
자꾸 호수 속을 바라보네

* 개천안 : 충주시 수몰지역의 지명.

오해의 늪

기억의 틈 속에 끼여
단단히 각인된
빠질 줄 모르는 착각

끄집어내고 싶은
하얀 오해의 똬리는
풀어질 줄 모르고

갈등을 만드는 아집에
내동댕이쳐진 신의는
괴로움에 바닥을 뒹군다

마음의 차크라는 멈추고
쓰라린 상처 하나
아프게 가슴에 꽂힌다

붉은 벽을 타던 손은
닫아버린 화문에 막혀
체념을 부르고

깊은 늪 속을 허우적거린다

약이 될 시간 위에서

그대의 꽃

그대 품에 안겨
열정의 꽃 피운 날들
가슴에 품었던 향기는
숱한 나날
눈물 되어 흐르고
지문을 잃어가는 사랑으로
시들어 갑니다

세월의 풍파 속에
꽃은 지고
윤기 잃어가는 이파리만 남아
실바람에도 흔들리지만

비구름 걷히고
밝은 태양 떠오르면
꽃망울 하나 터트려
한 송이 꽃을 피우렵니다

오늘도
당신이란 섬에 갇혀

아파하지만

나는 꽃이기에

넥타이

목을 빛내던 꽃무늬 타이
점점 꽃잎 지고
주름 투성이로 늙어간다

늘어날 대로 늘어나
어머니 허리춤에 묶였다가
방 여기저기를 돌아다니다가

눈이 하얗게 내리던 늦은 밤
마루 위 처마에서
시래기를 칭칭 감고 울던
흐느끼던 소리

마당 가를 휘돌다가
홀연히 내 눈에 머물러
사무치는 그리움으로
가슴속 모란으로 피어난다

사막의 장미

어둠이 끌고 온
타클라마칸 사막의 낙타를 타고
별똥별 한 줌으로 길을 밝힌다

아데니움 한 송이 품어 안고
그대를 찾아 떠돌던 시간

신기루에 갇혀 헤매고
은여우 꼬리로 유혹하더라도
거센 모래바람 강을 건너야 한다

그대와의 하룻밤을 위해
연등을 달고

황혼빛 사막에 피어난 오로라
가슴에 파고드는 무언의 멜로디
한 폭 그림으로 그릴 수 있다면

별똥별 하나
아데니움으로 남아

* 아데니움 : 꽃말(무모한 사랑).

우도에 가면

소의 형상으로 엎드린 섬
말의 긴 하품 소리
포말에 잠겨 바위를 때리고

머리에 족새눈* 반짝이며
테왁에 광시리 메달은
풍만한 상군 해녀 돌상과
진입금지판이 바닷길을 막는다

짠 바람에 파도 넘는 숨비소리
무리 지어 여기저기 쌓인
소원 탑을 넘어
주인 없는 찌든 운동화
한 짝에 머무르고

서빈백사 늙은 해녀의
쌉싸름하고 달콤한
아보카도 삶의 이야기는
해산물 접시에 녹아들어
스멀스멀 가슴으로 기어든다

놀멍 쉬멍 걸으멍
검멀레 해안 후해 석벽은
시방이라도 날아오를 듯
파도 위에서 날개 춤을 추고

소머리 오름은 등대를 이고
비양도 뿔소라 무덤 옆
뿔소라 익어가는
숯불 타는 냄새를 바라본다

* 족새눈 : 물안경의 제주도 방언.

틀

미지의 우주 공간 속에서
헤매고 떠돌다가
한 생명으로 잉태되어
어머니 배 속을 차고 나온다

꼭 쥔 주먹에 선을 새기고
꿈을 품은 삶으로
희망의 점을 찍으며 이어간다

벗어날 수 없는 선을 따라
틀을 만들며,

끊임없이 이어진 굴레를 감고
그 속에 갇힌 운명은
지금을 채워나간다

찰나의 시간은
사각의 틀을 향해 달려가고
그 안의 먼지로 사라진다

PART 9 • 정상화

아호 봄결. 울산 울주 배내골 농부시인.《대한문학세계》신인문학상(시) 수상. 시와글벗문학회 자문위원, 대한문인협회 울산 지회장. 2017년 한국문학 우수상 수상. 시집 『스스로 피어짐이 아름다운 것을』, 『산다는 것은 한 편의 詩』, 『그러하더라도 사랑해야지』 외 공동저서 다수.

e-mail : shj7491@naver.com

가난 속의 선택

아부지,
국일 광산 옥 캐러 가시고
술 조금 드신 날은 라면땅을
꼭 한 봉지만 사오셨다

막내만 생각하시는
아부지가 야속한지 막내 위 여동생은
똥파리 질투하듯 앵앵 침만 삼켰다

그땐 몰랐다
막둥이는 아부지와 함께하는 시간이
가장 짧다는 것을

나생이의 꿈

미안하고 또 미안한 마음
겨우내 자줏빛으로 언 발 녹이며
봄보다 먼저 푸른 속내를 드러낸
나생이 이파리

호미를 들고 찍으려다
캐도 되겠니?
부챗살 미소로 웃는다
고마워
손끝이 떨린다
괜찮아 괜찮아 캐버린다

하얀 발을 씻고 끓는 된장 물에서
더 푸른 봄을 피우니
흙내음 버무려진 수직의 가는 뿌리에서
삶의 질곡을 이겨낸
이야기가 풀어지고

구수한 향기에 입맛을 다시는 어무이
뱃속에 봄을 심는다

4월의 연록에 그리움 삼킬 때쯤
나생이꽃 하얗게 피어나겠지

벼꽃이 피는 순간

폭염을 온몸으로 받아
가뭄 넘어 잉태한 생명
밤새 깊은 떨림으로 밀고 밀어
끝자락 한 톨까지 숨을 몰아쉬며
우주를 깨운다

사그락
하나 둘 옷고름이 풀리고
툭
하나 둘 치마끈이 터지고
꼬올깍
파리한 입술이 열리고
아!
가슴 맞댄 숭고한 사랑

가장 정갈한 마음으로
가장 온전한 기쁨으로
아침 햇살을 입고는
조금씩
조금씩
겸손으로 물들어간다

식구食口

까마득하게 잊혀가고 있는
오물거림을 함께하는 시간

추위에 울고 있는 새벽
그리움 한 잔 속에
따스한 사랑 한 술 저어
둘레판 위에 소박한 식사를 준비하는
시간이기를

양지쪽 해맑은 웃음이 모이듯
식구들 모여 앉아
고슬한 밥숟갈에 쭉 찢은 김치를
걸쳐주는 정을 느끼고 싶은 날

아침 식사를 함께 나누며
서로의 존재를 확인하고 싶은 食口

허리 꺾인 12월
다 가기 전에
한 번이라도 온 가족 마주하며
서로의 온기를 나눌 수 있기를

가슴에서 몸까지

만리장성을 쌓는다는 것
함께라면
시간이 멈추어도 좋겠지
물리적 공간의 거리보다
심리적 공간의 거리가 무서운 것
함께라면
시공을 초월할 수 있는 것
사마대 만리장성을 밟고 서니
가슴이 고무풍선처럼 부푼다
아!
몸으로 그리운
마음으로 그리운
그런 사람
그런 사랑

가을비

혼몽한 가슴이
가을비 탓에 까맣게 탄다
고개 숙인 벼들은 햇살 그리움에
낱알 끝으로 눈물을 찔끔거리며
심장을 꺼내고
못다 벤 논두렁 풀을 타고 새앙쥐
눈까리 때록이며 벼알을 까니
농부는 잰걸음으로 낫을 휘두른다
소나기는 가을을 위하여 쏟아지지만
철없는 가을비는 촌부의 마음을
아는지 모르는지 여물어 가는 알곡의
뒤 통에 빗금만 칠 뿐
살다 보면
의지와 관계없이 비를 맞고
속살의 부끄럼을 적시는 순간도 있나 보다
자궁 위로 초음파 미끄러질 때
막 눈을 뜨는 생명이 섬찟 놀라듯

이슬만큼만

저
쬐그만 것이
투명한 가슴으로 세상을
보고 듣네
메뚜기 볏잎 갉는 아픔
엉무구리 뚜깔 부는 소리
갈라진 논바닥의 목마름
멧돼지 횡포
미꾸라지 통발 유혹
잠자리 공중 구애
할머니 팬티 색깔
농부 발자국 소리
모두 알고 있네
저
작은 가슴으로
작다고?
가뭄을 버팅기는 해를 품은
큰 희망이니
나만큼만 살아라

시인의 눈

시인의 눈은 맑음이다
잡초는 뽑아도 뽑아도
끈질기게 올라와 농부를 힘들게 한다
온갖 방법을 동원해도
결국 잡초는 풀꽃을 피워낸다
그리움의 뿌리 같은…
마지막 농부의 선택은
잡초를 꽃으로 보며 사랑한다
그리고
그들의 이름을 부른다
달개비 강아지풀 깨풀 어저귀
쇠비름 쇠뜨기 쑥 수박풀 고들빼기
볕아재비 개불알꽃…
화려하지 않아도 고운 삶
차마 지울 수 없는 이름들!

PART 10 · 정태중

내소사
붉은 입술
복돈
선술집 호롱 하나 외로워 불을 켰다
다 닮은 듯 아픈
폭설
봄동
여명

《대한문학세계》 신인문학상(시) 수상. 시집 『이방인의 사계 그리고 사랑』, 시
와글벗 동인지 제8집 『벗은 발이 풍경을 열다』 공저.

e-mail : bosung0905@naver,com

내소사

후~ 하고 불면
사라질 것 같은 안개

안개에 가려진 꿈
세월로 흐릿하다

내소사 좌불 참선하는데
미동 없이 참새 똥 누고 간다

날갯짓도 가벼이
훨훨 떠 나는 걸 보니

저놈이 먼저
해우소 다녀간 모양이다.

붉은 입술

장미 여관에는
붉은 장미가 없고
낡은 시집 한 권도 없다

바랜 포스터엔
먼로*만 머나먼 여행으로
치맛바람을 일으키고
붉은 입술은 뭇 사내의 입맞춤으로
엷어지고 없었다

영산강 강가에는
누군가 심어둔 해당화 곱게 피고
한 통의 편지는 오지도 않았다

우체부 낡은 가방도
빨간 우체통을 기웃하던 제비도
강남으로 간 지 오래고
가끔 흘러든 소식에는
로즈모텔이라는 전단만 있었다

밤 기차를 메고 상경한 지 오래였으나
옛 된 순이는 추억 속으로 떠나고
밤이 찾아오는 오류동 골목에서는
장미 살롱 간판이 입술을 붉게 그리고 있다

* 먼로: 영화배우 메릴린 먼로.

복돈

설날
우리 엄마 거북손으로
돌돌 말아 아껴 놓은 쌈짓돈
이만 원 주셨는데

"건강 챙기고
이 돈 불려서 부자 되거라"
덕담 붙여 주셨는데

상경한 지 두어 시간 만에
목욕탕 입장료 육천 원 내고
때 불려서 뗏값 만오천 원 내고
주섬주섬 돌아서니 천원 적자 났네

음복주에 취했을까
우리 엄마
복돈 불려 부자 되라고 했는데
때 불려 목욕탕만 뗴부자 되겠는데

봄날

흙 부풀어 오르면
우리 엄마 거북손 엄청 바빠질 텐데.

선술집 호롱 하나 외로워 불을 켰다

연탄 두 장과 난로와
석유 한 말과 곤로와

그들은
아픈 것들을 어루기도 하고
기억하는 것들이 많기도 할 테다

그가 떠나고
희미해져 가는 기억 위로는
그을린 추억들 있었지만
오 촉 백열등에
자꾸만 밀려서 잊히기도 했다

가느다랗게 마른 몸과 붉은 머리,
그가 타오르기라도 하면
다시 올 것들이 많은데

소도시 골목 다방에서나 기거한다는
소문만 무성할 뿐
춘자 손에서도 흔적을 지운 지 오래여서

선술집 소품으로 남아 있는 호롱과
부스러질 것 같은 낡은 곽 사이로
시린 바람이라도 부는 날엔
손때 묻은 사람들 소리 활활 그립겠다.

다 닮은 듯 아픈

새마을 운동이었던가 저 낡은 벽보의 기억,
비둘기, 통일, 무궁화호를 타기도 했던
우리라는 청춘의 세월,
세월은 흘러 세월을 싣고 가는 오늘은 세월호이다

짧은 화락의 봄엔 다색의 연유가 다 세월이다
피어서 슬프다는 것이 꽃만 같으랴
밀려남의 망각 뒤로 찢어지듯 피는 잎들과
갈라지는 파도의 살결들 모두 푸르게 아프다

죽기 위해 꽃들은 피었을까
꽃무덤 위로는 꽃들이 잘려와 죽고
근엄한 사진 옭아맨 리본 아래로
넋 나간 울음들은 향을 피워내기도 한다

먼 바다에는 아이들의 웃음소리 가라앉아 있다
개나리꽃으로 얽어맨 노란 리본과
죽기 위해 피었던 벚꽃들도 다시 죽기 위해
사투를 벌이다가 힘없이 내려앉는다

세월에는 세월도 없다
고요로움 길게 침묵이며
낡은 역사의 역장이 떠나가듯
역사의 한 쪽이 낡게 패인 듯 아픈.

폭설

어떤 이는 그리움이 내린다고 하고
어떤 이는 슬픔을 덮는다고 하고
어떤 이는 추억을 쌓는다고 한다

어떤 이들의 생각을 뒤로하고
뉴스에서 흘러나오는 아랫녘 날씨 방송,
함평 이 짝저 짝으로 찬 기운이
요술을 부리다가 입춘 무렵에
대설주의라는 아리따운 목소리가
허리 돌아 확 감기기는 하는데

큰일이네
우리 어매 조막손으로
어쭈고 하늘 덮을랑가
폭설에 비닐하우스 폭삭허믄
울 어매 맘이 폭폭할 것인디

누가
저 그리움인지 슬픔인지 추억인지
모를

흰 똥 덩어리나 치워주면
우리 어매 조막손 더러는 따숩것는디.

봄동

겨우내 온갖 새들, 빈 밭에 날아와
허기진 발톱, 부리 분분히 갈기도 하였는데

한 무더기 파닥거림, 무엇을 털었을까

며칠 새 내린 봄 눈, 파르르 녹고
그 새들 날개 펼쳐둔 자리 봄동 따사로운데

동토는 무얼 주었길래, 저리도 푸른똥 누고 갔을까

곰곰이 생각할 겨를도 없이
허리 굽은 엄니 쪼그리고 앉아 그만,
봄 싹둑 잘라 똥 치우고 계실 텐데

진액들 저리도 몽글거리며 솟아오를까
저리도 눈물 옹골지게 흘러내릴까

여명

눈 뜨고 도장 찍은 뒷간 소망에
오줌 몇 방울 지리고는
누런 소 등에 털린 외양간 낡은 기둥처럼
정수리 빼고 좋는 여명

붉은 햇살이라도 받는 날엔
털린 것들이
불쑥 또는 불뚝
일어났으면 좋겠는데

정서로 시집살이 온
정동진 횟집 가리비가
노곤한 하품을 크게 하던 어젯밤이
지랄 났다고 이 꼭두새벽에 생각나는가.

PART 11 • 조충호

봄이 걸어온다
詩의 곳간을 채워가며
어머니라는 이름
아카타마 사막의 선인장
정취암 염불
출근길에
내 삶이 짙어지는 날
고독한 사랑

《서정문학》 신인문학상수상(시) 수상. 시와글벗문학회 동인, 한국문인협회 협력위원, 서정문학 운영위원, 문학愛작가협회 자문위원, 다솔 문학 고문, 시문학창작 동인, 곰솔문학회 자문위원. 시와글벗문학회 동인지 제6집, 8집 외 공저 다수.

e-mail : sphicch@naver.com

봄이 걸어온다

작달비가 대지를 깨운다
우수를 지척에 두고
삭풍에 씨름하던 버들개지
속살 드러내고 기지개 켠다

둔덕 한 자락에 기대어
꽃망울 터트린 홍매화
햇살 버무린 분칠로 유혹을 한다

임 마중 나온 황설리화
둥겁 벗겨 낸 실개천 따라
맑은 향기 뿜어 구애를 한다

실바람에 내어준 꽃잎에도
수줍은 새색시 치맛자락에도
가슴 헤집는 너를 닮은 볼우물이
심장을 빗질하며 걸어온다.

詩의 곳간을 채워가며

여보게.
내 재주가 비련하여 움트지 못하고 화형되고 있다네
바다의 침묵을 그리려니 파도가 거칠게 밀려오고
분노와 울분과 하소연을 터트려 시작하니
그림자 벽서하여 헐겁고 싱겁고 그렇다네
짠 내가 펄펄한 게 상념이 절망이더군

걸음마 종종거리며 곳간을 비우니 허허하고
달콤하여 삼키니 목구멍을 할퀴고
호미만 한 눈곱을 떼려고 눈을 파도 부질없고
반도체 찍어내는 기계를 설계하는 것보다
발전소 터빈을 정밀하게 만드는 것보다 여물지 않아서
분명 퍼즐 맞추기 하려고 시작한 건 아니었는데

할배 시인 곰방대 툭툭 터니 시어들이 쏟아지던가
목구멍 타고 흐르는 달콤한 글은 믹스 커피요
미역국 먹고 트림한 글은 받고 싶은 선물이던가
산에 오르다 낚아챈 글은 보고 싶은 들꽃이라네
적당히 잔을 채워야 하는데
조금은 부족하고 아니면 넘치고

몸뚱이는 여기 있는데 저만치 세월은 가고 있다네

조금씩 비우고 메워가는 틈 사이로
중천의 해가 묵직하게 내려앉을 때
내 삶의 곳간을 비우고
갯티의 자연 닮은 행복을 누리며 살아가려네
한 되 두 되 시의 곳간을 채워가며…

어머니라는 이름

장미보다 고왔을 어머니
우리라는 꽃을 피워내고
시들어 가는 줄기까지 내어주시며
잔가지의 꽃까지 피워준 어머니

산그늘 저만큼 내려앉을 때
옹기종기 앉은 멍석 위에
이 빠진 옥수수
벌레 먹은 복숭아
반쯤 상처 난 참외를 내어놓고
하나씩 하나씩 다듬고 벗겨서
우리 손에 쥐여주던 어머니

정작 당신은 벌레 먹은
복숭아를
참외를
괜찮다며
이것이 더 맛나다며 드시던 어머니

이제 우리가

다듬고 벗겨서
엄마 손에 쥐어줘야 하는데
우리 어머니는 어디 계십니까?

아카타마 사막의 선인장

밤을 삼키며 수없이 옷 갈아입은 흔적
생의 오랏줄에 매달린 해는 기울고
모래처럼 흩어진 별 헤집고 나설 때
술 한 잔에 취해 달의 계곡에 머문다

별똥별 하나 주우려 머물렀던 40년
땅끝에 머문 다솜으로 가득 채워
발길 따라 바람 따라 구름처럼
한 폭의 수채화로 그려진다

삶의 오행 바슬바슬 울어 어둠이 내린
모래 언덕에 그림을 그릴 수 있다면
밀물에 쓸려온 멍울 썰물에 다 토해내어
하늘 끝 물들이는 오로라로 피어오른다

무엇을 낚으려 어둠을 헤집고 살았던가
좁혀오는 벽이 가슴을 짓누를 때
아타카마 사막의 안개 이슬로 맺혀
가끔 나이를 잊은 붉은 피 강물 되어 흐른다

정취암 염불

천 년을 기다린 빛바랜 탱화
먹먹한 가슴에 비 내리면
바람을 담은 쌍 거북 등겁 벗겨
개울 섶가리 여울지나 암자에 머문다

태곳적이었나
삼국시대에 울기 시작했나
허물어진 벽인가
겹겹이 걸터앉은 바위틈인가

울림이 있다
울고 있다
누굴 기다린 울림인가
나를 위한 삼천 배인가

허물어진 밤
사리사리 하르르 하다
정취암 염불은
여울여울 차란차란하다

출근길에

차창을 여니
싱그러운 햇살 머금은
새벽 공기가 상큼하다

하루를 시작하는 도심
광안대교 자동차 굉음도
아침을 깨우는 자명종이다

바로 앞 해운대 언저리
장산 마루 봉우리에 옛 추억도
살포시 얼굴을 내민다

꿈길 서성이다
이슬만 털고 돌아와
담배 한 모금 품어내는
흘러간 세월과 인연

찬바람에 먼 길 달려올
일터 식솔들 더운 입김에
하얀 눈발마저 흩날려 상서롭다

어젯밤 거닌 발자국들
가슴앓이 한 따스한 입맞춤이
모닝커피 향으로 피어난다.

내 삶이 짙어지는 날

바람과 달의
먼 기억을 데려다 놓은 구름 한 조각
가슴이 시키는 무표정만은
오랜 시간 여행으로 내 공간을 지배하며
늪 깊은 환상 속에서 허우적거린다

오뇌하던 허무의 밤
공허한 골방에 정지된 사연들은
내 재주가 비련 하여 움트지 못하고
창틈 사이로 들어오는 빛 오름에
깊은 잠에서 깨어난다

장대줄에 그네를 타며 마르는
어머니의 치마저고리 자색 옷고름처럼
채움보다는 비움으로 일상을 바꿔 놓고
하루하루를 열어가는 첩첩이 쌓인 화상은
존재 이유를 부정하며 빈 잔을 채워간다

하늘의 별들은
늘 존재했지만, 존재를 부정하며 다름을 찾는

어머니의 숨결이며 그리움으로
내 삶이 짙어지는 날
빛 내림이 슬픈 하루다.

고독한 사랑

언제부터인가
바람처럼 살고 싶었습니다
다가오는 어둠의 깊이만큼 먹먹한
가슴엔 소리 없이 봄비만 내리더니

꽃은 시들어
잎이 더 짙어졌음을 알 때쯤
바람꽃 달 물결에 잠겨
가끔 가슴으로 울고 있더라

허물어진 밤
하염없이 우는 그림자 밟으며
세월을 이어주는 향기로 아픔 달래려
달빛에 안긴 너를 갖고 싶더라

하늘 아래 피고 지는
만남과 이별은 다반사인데
너를 기다리며 지새운 밤은
내가 쉽게 놓지 못할 사랑이더라